사적인 기억

사적인 기억

초판 1쇄 인쇄 ┃ 2021년 10월 27일
초판 1쇄 발행 ┃ 2021년 11월 02일

지 은 이 ┃ 천도화
펴 낸 이 ┃ 박세희

펴 낸 곳 ┃ (주) 도서출판 등대지기
등록번호 ┃ 제2013-000075호
등록일자 ┃ 2013년 11월 27일

주 소┃ (153-768) 서울시 가산디지털2로 98,
　　　　 2동 1110호(가산동 롯데IT캐슬)
대표전화 ┃ (02)853-2010
팩 스 ┃ (02)857-9036
이 메 일 ┃ sehee0505@hanmail.net

편집 디자인 ┃ 박세원
표지 그림 ┃ Eun Hwa PARK

ISBN 979-11-6066-074-6
ⓒ 천도화 2021, Printed in Seoul, Korea
　 값 10,000원

천도화 시집

사
적
인

기
억

등대지기

시인의 말

시월애 그리움을

옭아매는 숫한 시간

사람과 사람과의 관계

파다한 소문을 잠재우며

산골소녀는 바람의 속지를 채우려

시와 동거하는 밤

기억은 가물가물

또 다른 미완의 길

황량한 허공을 설계중이다

2021 시월에

천도화

차례

제2부

제3부

제4부

/
제1부
/

구멍에 뼈는 자라고

얼마나 공들여야
꽃 한 송이 피울 수 있나

제 살 찔리고 찢겨도
가시에 둘러싸여 피는 가시연꽃

물결을 타는 작은 흔들림은
수초 밑 물고기들이 바쁘게 입질하는 동안
가시는 제 영역을 넓혀간다

바람이 다녀간 방죽
햇살에 꽃은 몸집을 키우고
꽃대 속 구멍은 뼈의 형상을 닮는다

진흙에 디디고 선 꽃대
비와 바람을 엮어 가시연은 단단한 둥지를 짓는다
가시에 둘러싸여 피어나는 눈부신 꽃

질펀한 진흙 속
연꽃이 자라는 동안
아무도 꽃을 밀어 올린 뿌리의 노동을 알지 못한다

옭아매는 시간

봄볕은 가슴에 내려앉는데
세포 하나 솜털 하나
언제쯤 가벼워지려나
늘 틈으로 살다 보면 그런 날이 올 테지

시를 짓는 시간
건축물을 올리는 것처럼
벽돌과 벽돌 사이 도시의 공간에서
시상은 머리를 어지럽히고

사람과 사람
친구의 만남에서 이웃의 만남에서
뭉글뭉글 구름처럼 떠다니고 있을 뿐

얼굴을 잠깐 스쳐 간 봄
눈꺼풀은 속절없이 내려앉고
공백 아닌 공백의 3년은 여전히 나를 옭아맨다
지금 나는 무엇을 채우려 하고
무엇을 남기려 하는지

꿈속에서 들려오는 환상
자시에 법화경 필사로 내 안에 담으려 하지만
속은 텅텅 빈 채로 받아주지 않으며
내려놓으라는 소리만 귓가에 가득 들어찬다

해바라기

검은 씨알 품으려
해 따라 돌아가는 전설을 빼곡히 품는다

깊은 그리움 씨방 속에 숨기고
비의 무게를 견디며
둥글게 에워싼 칸칸을 빠짐없이 채워간다

봄여름을 접목하고
골목을 떠돌던
파다한 소문마저 그 안에 품었던 시간

행간을 오가던 무표정한 얼굴을 떨구고
입을 다문 검은 씨알 햇살에 반짝인다

허공을 쓸던 바람은
단단한 속내로 파고들며
해지는 쪽으로 까맣게 타들어 간다

흙의 감정

숲을 이루는 나무처럼
그 자리에 서려면 손끝의 지문이 닳아야
아궁이 없는 방으로 들어간다

추락하는 것은 잠시
또 다른 미완성으로 만들어지지만
불가마는 속을 태운다

전통 망댕이 가마는 도심에서 사라지고
가스 가마 초벌구이로 1,250도 용광로에서 식어 가면
유약 입혀 재벌로 구워내도 금이 가고 깨진다

불투명한 파문과
무성한 소문을 잠재우려 그 속에 갇혀 눈물을 흘린다

용처럼 움직이는 기물器物들
도자기라는 작품으로 태어난다

가슴 조이며 기다리던 시간
가마 속 열기 식어서 온전히 다가오기까지
장인은 빗금조차도 허락하지 않는다

꽃기린 선인장

잠깐 햇살 머물다 떠나버린 베란다
앙증맞게 피어난 꽃기린과
목마른 화초에 물을 주며 눈인사 나눈다

이파리는 햇살 따라다닌다지만
햇빛이 없어도 강하게 자란 어린 것들
바람을 품은 무표정
소리 없는 웃음만 무성하게 핀다

열대지방에서 건너온 너
이국의 눈보라를 이겨낸 뿌리를 분갈이하려다
여린 가지 부러뜨렸지만

기린 한 마리 가시에 잎 떨구고
목이 긴 꽃대 위로 연분홍 꽃을 피운다

딱따구리

딱딱 따다 딱
갈참나무 몸통에 만 번을 찍어 둥지를 틀고
새끼를 품는 오색딱따구리는 나무의 의사다

낚싯바늘 갈고리 같은 혀로
부리에 잡히는 굼벵이가 한 끼의 식사
나무를 아프게 하면서도 공생하려는데

수다스러운 둥지의 새끼들
하루치의 먹이로 20일을 산다
호시탐탐 배설물을 물고 천적을 피해
둥지 밖으로 내다 버리는 어미 새

날지 못하는 두려운 새끼
둥지를 떠날 채비를 하는데
계절은 어느새 가을로 향하고 있다

쉰과 예순 사이
– 시시한 시

문학이 무엇인지
시인이 무엇인지
사는 게 바빠 잊어버리고 산 세월

외로움과 그리움 슬픔을 끌어안고
좋은 시를 쓰기 위해
우울과 불안과 고뇌의 시간을 빈방에 매달아두고
밤낮으로 사투를 벌였다

시와의 이별은 오지 않을 것이라던
산골소녀는 스물여덟이 되든 해 고향을 떠나
자신도 모르게 시를 잊었다
오십 넘어 시를 다시 만나게 되었을 때
가슴 벅찬 박종화 문학상으로 이력 한 줄 채웠지만
진작 축하해줄 그 웃음은 곁에 없었다

가슴속에 꽁꽁 싸매 두었던 꿈
갈퀴 같은 오십의 언어로 상처를 덧바르며
매 순간마다 깜박이는 선택의 기로에 놓여도
뼛속까지 거창한 일이 생길 것 같지 않아도 다시 꿈

꾸었다
　환갑이 되면 시를 쓰지 않을 것이라 하였지만
　사부곡을 내면서
　돌 틈바구니에 피고 지는 민들레처럼
　허공으로 사라진 시의 홀씨
　이름이 빛나지 않아도
　날마다 시어들과 씨름하며 펜을 놓지 않을 것이다

봄의 속도

나보다 먼저 가려는 바람
발아래 피고 지는 제비꽃 무리 가슴으로 담으며
토담 사이로 빠져나온 절기는
칸칸의 문장을 만들며 다가온다

한 꺼풀씩 겨울의 아픔을 벗겨내며
가장 낮은 곳에서 봄의 속도를 부추긴다

여린 순 차오르는 여백으로
출렁이며 번지는 바람의 속삭임
묵정밭에 옮겨놓은 거름은 흙 속에서
온종일 들썩거린다

살구나무 영산홍 철쭉 잎을 틔우는 시간
산길 따라 겨울을 이겨낸 노송
솔향 가득 익어간다

장다리꽃 피우던 샘가
물 긷던 단발머리 소녀는
뻐꾸기 향연 달콤한 연주로 봄나물을 캐어

먼 곳 친구에게 그리움을 배송한다

볕 좋은 날
닿을 수 없이 희미해져 가는 시절
나비처럼 팔랑거리며 찾아든 틈새로
소녀는 봄을 품을 것이다

담금질

탕탕탕 불꽃이 튄다
방짜유기를 만드는 그 남자의 공방

화정과 담금질로
불 구덕 앞에서 시뻘건 시우쇠를 꺼내
여러 차례 메질하였다

집게 잡는 편수 한 명, 메 잡이 두 명
선메가 먼저 두드리면 후 메가 따라치고
번갈아 가며 1초에 두어 번 친다

빵 반죽처럼
두드리면 쇠도 갖가지 모양이 된다

힘든 일은 자식한테 물려주고 싶지 않다는 그 남자
대장간 야장* 대장장이로 호미 낫 괭이 갈고리
파쇄기 못뽑이를 평생 만들었다
이젠 드라마에서나 볼 수 있는 소품들이다

시대가 변하고
메질도 이젠 기계가 대신하고
대장간도 몇 군데 남지 않았다

* 쇠를 달구어 연장을 만드는 일을 업으로 삼는 사람

사랑앓이

청 토 백토로
열 손가락 안에서 만들어지는 흙의 진실
무엇을 담아내려 온몸으로
혼불을 태우는지

심혈을 담은 열정으로
컵이 되고 접시가 되고 꽃병이 되고

여자는
애간장 녹이는 그리움을 가슴으로 빚는다

언제 깨어질지도 모르는 그릇
다듬고 깎아 내어
또 열흘 품어주면
그때서야 1,250도 화염 속에서
존재를 알게 해주는 사랑앓이

기다림은 아픔이라지만
절대 오지 않아도 기다릴 것이다

밀고 당기기

한낮 허공에 주차된 햇살
비켜서지 않는 바람은 잠도 안 자고
땡볕의 도시는 목이 타들어 간다

어스름은 시의 숲에서
손에 잡히지 않은 풍경에 갇힌 시간
층층이 쌓여가는 나뭇가지에 이파리들은 시들어가고

듬성듬성 백지를 채워가는 넋두리
제멋대로 헝클어진 문장은 줄기를 잡지 못하고
허기진 기억만 팔랑거린다

무성한 그늘은 시든 바람과 쨍쨍한 햇살에
매미는 시간여행을 떠나고
시인은 황량한 허공을 공사 중이다

밑동에서 놓쳐버린 바람
씨줄 날줄 엉킨 칸칸이 저물고
부스럭거리는 어둠을 갈피에 채우지 못한 채
또 다른 시어로 행간을 끌어안는다

손에 대한 생각

이 손으로 무엇을 할 것인가
눈보다 손이 앞서있다

악수를 하여도 명함을 주고받아도
손은 다른 곳을 향하고
쉴 틈이 없다

그런 손을 함부로 하지만
텔레비전에서 보면
손을 잃고 입에 붓을 물고 그림을 그린 사람
발가락에 빗을 꽂아 머리를 빗는 걸 보았다

그때 이 손이 필요한 것을
손의 몫을 발휘하지 못한다면
아마도 얼마나 지치고 고달플 것인가

거친 손에 오랫동안 무관심으로 대하고
손을 방치하였다
오늘 모처럼 소중한 손에 집중하고 휴식을 준다

처음으로 손톱 정리 영양을 주고 매니큐어도 바
르고
매듭진 굵은 두 손 듬뿍 마사지도 하고
핸드크림 한 통 사 왔다

질주

바람이 지나간 자리
수습하지 못한 구름은 저만치 달아난다

그만큼의 거리에서
뒤돌아본 순간 씨줄 날줄은 엉켜버리고
허락 없이 널브러진 파편의 악다구니가
도로에 흩어졌다

질주하는 차들의 무관심
뒤차는 방심으로 거리를 가늠하지 못하고
쾅, 쾅, 속도는 뒷목을 덮쳤다

순간, 검은 구름이 앞을 가리고
머리에서 번쩍 번개가 스쳐 갔다

병상에 묶여
바쁜 나날 조율하며 살아온 시간을 뒤돌아본다
누구를 아프게 한 적 있었던가
상처를 준 적 있었던가

도로에서 산길에서 함께하며
발이 되어준 이십 년
곁을 지키던 코란도 몸져누웠다

알리바이

늘 그 자리에
있으면서도 없는 듯이
행주치마 마를 날 없이 곁을 지켜 주었다

정지* 한쪽에서 다소곳이 기다린 너
허리가 잘록하게 파이는 동안
생존의 공간에서 사정없는 칼날에도 묵묵히 지
켰다

너의 목소리는 칼에 옮겨가고
늘 침묵하는 너는, 칼이 닿는 순간
아프다는 소리도 지르지 못했다

너의 알리바이
비명도 지우고 시치미를 떼고
모든 증거를 인멸하고
태연하게 부뚜막에서 몸을 말리고 있다

* 강원도 사투리 부엌

32

/
제2부
/

이탈리아의 꿈

황동 돼지 한 마리 주방에 산다
재래시장에 다녀오면 꿀꿀
밥 달라 주둥이를 내밀고 조른다
동전 몇 개 꿀꺽 삼킨다

어릴 적 돼지저금통에 먹이를 주면
하얀 운동화가 생긴다는 어머니 말씀
일 원 오 원 십 원 부지런히 먹였다
먹어도 먹어도 밑 빠진 통처럼
좀처럼 채워지지 않던 배

이젠 딸이 매일 밥 먹듯이 복 돼지 밥을 준다
오백 원 천원 오천 원 만원 오만 원
동전과 지폐들 차곡차곡 빈속을 채울 때마다
딸은 이탈리아 여행을 꿈꾼다

손지갑이 텅텅 비어도
돼지 한 마리 키우는 재미가 더 쏠쏠한 듯
멀고 먼 나라 이탈리아가 한 발짝 더
우리 곁으로 다가온다

맏딸

18시 25분 양수를 쏟아내던 16시간
산통은 존재의 유무에 대한 경계선
본능이 자궁 속을 나오는 동안 숨도 잠잠했다

애간장 녹이던 산실의 통증
온 힘을 다해도 문을 열고 나오지 못하던 때
바람이 젖은 낙엽을 일으키듯
하르르 품으로 들어온 꽃 한 송이

회오리바람 잠잠해지면서
노산이라는 아픔도 잊은 채
삶이란 저렇게 일어나는 순간, 같을 거라고
새를 꿈꾸는 딸은 천천히 날아오르고 있었다

도시의 지붕을 내려다보는 산동네에서
요정처럼 자란 시간

꿈을 찾아 갈망하던 어미 가슴에
맺힌 어혈 풀어준다고
불꽃 튀는 타국에서 유학하는 동안

속울음 삼키며 기다리길 십여 년

도쿄에서 코로나로 힘든 그 날을 정리하고
두 팔에 안을 수 없으리만치 시간을 초월한 귀향
수많은 고뇌로 불면증을 앓던 청춘은
엄마 품에서 잠시 멈춰
또 다른 내일의 꿈을 꾼다

깃털 엄마

새처럼 가벼워진 울 엄마
부구고을 한양寒﹅ 조 씨 대감 집 담장 안에서
서릿발 같은 훈육을 받고 자란 셋째 딸

섬섬옥수 목단꽃 아씨는
두메산골 인연 따라 가시랑 마차 타고 시집갔네

씀바귀보다 더 쓴 시집살이
해 뜨고 해지는 산 비알 두메에서
보릿고개 넘나들며 아씨를 지우고 산, 아낙네로
부뚜막에 걸터앉아 찬밥 한 덩이로
세월의 풍파를 견뎠네

가시밭길 끝없이 이어지던 무상한 세월
햇살 내려앉은 구피자락에
잠들지 못하는 가마우지들과
밤이 이슥하도록 보듬었네

이제 기력이 다한 목소리
비틀거리는 걸음

전화기 너머 들리는 거친 숨소리

색 바랜 추억들로
엄마의 주름진 가시밭길
여든아홉을 넘어온 자갈밭 질경이 틈에
할미꽃이 되었다

덕풍 골

칠성대 골짜기 지나온
바람만 들락거리는 빈집
스산한 그림자들이 머물러있다

나뭇가지마다 각혈하는 꽃들
뒷마당에 허리 숙인 할미꽃에 묻는다

누구를 기다리는지요
지나간 날을 그리워하는지요

첩첩산중 골짜기를 따라
가시랑 차*에 바리바리 혼수를 싣고 온 시집살이
보리쌀 서너 말로 분가하고
첫 아이 딸이라 미역국도 못 드셨다는데

어머니 베틀 소리 들릴 것만 같은 뜰 안에서
마른 눈물 흘리고, 꼿꼿하던 허리
한 송이 할미꽃으로 피어 있다

먼지 폴폴 거리는 신작로 길 따라

빛바래가는 골짜기
머물지도 떠나지도 못하고
길을 굽어보는 소나무

다소곳이 앉은 할미꽃에 묻는다
누구를 기다리는지요

* 토사를 운반하는 무한궤도가 달린 수레

인동 꽃 피우다

보리쌀 한 말 세간 몇 개 이불 한 채
신접살림 차리려 분가한 곳은
화전으로 일군 다랑이 간척지였다

호롱불 은은하게 심지 돋운 밤
솔부엉이 고요를 흔들고
마당까지 내려온 별을 보며
밤낮없이 엄마의 길쌈은 끝이 없었다

산자락엔 산딸기 찔레 오디 보리수
자잘한 군것질거리가 허기를 채우는 게 전부였고
돌부리 흙을 움켜쥐었던 손, 어느새 작은 초원을
일궜다
계곡 돌방구리에 버들치 가재 피라미 송사리로
한 끼 반찬을 만들어 먹던 시절

시들지 않는 인동덩굴
엄동설한 견디며 꽃을 피우듯
짧은 햇살 잠시 머무는 통나무집엔
성장 통을 앓던 다섯 남매 이력이 새겨져 있다

빛바랜 시간을 따라 모퉁이 돌면
산자락에 지천이었던 겨우살이 인동초
여전히 꽃을 피워내고 있다

엄마 곁이 되어 주지 못했네

그 집 땅을 밟지 않으면
마을을 지나지 못했다던 부잣집 셋째 딸
많은 혼처 자리 마다하고
두메산골 가난한 남자를 만났다

이것은 아버지와 어머니가 짝이 된 사연
호롱불 아래서 듣던 이야기

첩첩산중 보리 감자 옥수수로
억척스러운 세월 다섯 남매 키워 낸 어머니
온몸에 옹이 박힌 등 굽은 할머니가 되었다

파인 주름살만큼이나 산촌의 시간도 굽어져
한 굽이 또 한 굽이 넘을 때마다
곤궁하기만 하던 시집살이

먼저 떠난 다섯째
생인손을 앓는 주홍글씨로
평생 마음에 새기고 살아온 세월

가지 많은 나무에 바람 잘 날 없던 시절
모두 떠나버린 엄마의 빈집

당신에게 편지를 보낸다

오래된 나무는 스스로 흔들리며
잎사귀를 떠나보낸다

추억 속으로 걸어가
고요한 행간 거기, 오래 앉아
먼 곳 당신에게 편지를 쓴다

빛깔 고운 향기로 익어가는
계절 한 자락 보듬으며
간절한 소망 담아
멀리 떠난 당신에게 편지를 쓴다

오늘은 어깨가 많이 아팠다고
바다 건너 동경에서 매니저가 되어
영주권도 나온다고
바람에 일렁이는 소식을 전해오는데
당신에게 넋두리라도 쓰고 있다

햇볕 따스한 낙엽의 언어로
노을 지는 들판에 서서

식어가는 마음에 불을 지펴
당신에게 따스한 안부를 보낸다

한잔 술

기력을 탕진한 귀가 시간
천근만근 땀에 찌든 솜뭉치 무게를 끌어안고
어깨가 축 처진 가장이 골목을 걸어 들어온다

잠시 깜박이는 가로등 아래
담배 한 모금 끔벅거리며 한숨 한번 후
담벼락에 기대어 하늘 한번 쳐다보고
표정을 지운 불안한 몸짓은 갈 곳 잃은 방랑자의
그림자
죽기 살기로 달려온 거리에 잠시 멈추어
무슨 생각을 하였을까

사막에서 멈출 수 없이 절뚝거린 하루
한발 한발 고단함은 허물 벗듯 대문에 걸어두고
발자국만 찍혀온 얼룩진 그늘을 뉜다

의욕이 넘친 기억 저편
꿈꾸던 거대한 도시의 달인
설 자리 잃은 가장의 무게는 캄캄한 밤
음습한 하루의 껍데기들

목을 짓누른 눈물 배인 셔츠 바지 양말은 허물을 감추느라
　기록의 파문은 축축하게 내팽개친 부산물
　뙤약볕에 한숨까지 허공에 말린다

　무탈한 시간 구겨진 통증을 한 잔 술로 위로하지만
　말랑한 언어로 그저 바라만 보아도 좋을
　나른한 흔적들을 내려놓는다

서른 번째 봄

마른 나뭇가지 사이로
부는 바람 온몸으로 맞는다

먼 길 돌아온 꽃샘바람을 복원하지만
출렁거리는 가슴앓이
잎이 무성했던 기억을 기억하지 못한다

바이러스로 인한 다른 색깔의 계절
밀어낸 자리마다 뿌리는 깊어지는데
부풀어 오른 봄은 오기나 하는지
잿빛 거리에 꽃바람 술렁거려도
낯선 풍경에 슬그머니 봄 마중하려는 날
겨울을 이긴 양지에서 겨우 매화꽃을 만난다

서른세 번째 맞이하는 너의 봄
도쿄에서 홀로 견딘 십여 년의 시간을 정리하고
공항에서 돌아와 보름 동안 코로나와 싸우면서
음성 판정받는 동안 가슴 졸였지

허공은 미완성인데
절정이던 꽃샘바람은 흩어지고
기억이나 한 듯 출근하는 날
매화꽃 소식을 품은 간절한 바람의 아우성

우울을 요리하다

휴일 한낮은 늘 그렇고 그런 일상
책을 펼쳐도 TV나 영화를 봐도
울렁거리는 마음 종잡을 수 없다

잡다한 궁상을 햇살에 꺼내 널고
검은 봉지에 갇힌
씀바귀 달래 냉이 숨소리를 풀어 준다

갑자기 분주해진 싱크대
평창에서 온 한우갈비에 양념을 재워놓고
상큼한 열무 쪽파 알타리 김치
묵은, 김치도 지지고 손맛을 조율한
뚝배기에 자글자글 강된장을 끓인다

설익은 바람이 꽃씨를 터트릴 것처럼
주방에 찾아와
마음 활짝 열어놓는 시간
고기볶음 고추장, 쌈 된장
새콤하고 쌉싸래한 양념에 버무린 마음
한 양푼 곁들이며 애간장을 쓸어 담고

우울한 고립을 멀리 밀어낸다

도쿄에서 십 년 만에 돌아온 딸과 준비하는 만찬
눈물에 절인 손맛
딸들 짧은 입맛에 맞으려나

유월은 핏빛이다

군데군데 겨울을 버틴 상처
온몸을 뒤덮은 슬픔을 털어내고
굽어보는 영령 앞에 조기를 내건 벽돌담이
수많은 그리움을 품고 있다

바람이 불어오는 숲에서 뻐꾹새 울고
힘차게 뻗어가는 담쟁이 넝쿨 사이로
눈부신 햇살은 묘비 위에 내려앉는다

사방을 둘러봐도 그리움은 찾을 길 없고
유월 하루가 찾아든 어느 오후
이팝나무는 쓸쓸히 흔들리고
길목의 흑장미는 흐느끼듯 우수수 떨어진다

메아리로 떠돌다
호국원 기슭 아래 잠든 이름
그 곁에 잡초마저 고개를 숙인다

켜켜이 쌓여 가는 묵시의 언덕
수십 년을 흘러
불꽃의 시간을 잠재운다

일곱 번째 시간

익숙한 바람이 분다
나뭇가지엔 잔설이 뚝뚝 녹아 흐르고
허공을 돌아온 꽃구름이 하르르 달려온다

굽잇길 돌아 칸칸마다 문이 굳게 닫힌 이천 호국원
볕 좋은 이곳에 벌써 칠 년째
산양리 바람 잠재우고 호랑나비로 훨훨 날아든
아버지
흙 한 줌 없는 또 다른 집이 영원한 안식처다

특별난 직업 기술도 없이 무직으로
술 담배 못 하시고 유일한 화투 놀이로
욕심 없이 흙에서 청춘을 불사르던 시절이 있었
지만
팔십 평생 그 산자락을 떠나지 못하셨는데

또 다른 이승이 멈춘, 애끓는 발소리
육십 년의 기한이 지나면
한 번 더 머물 수 있는 곳
해 그림자 설핏한 날이면

눈물 고인 스산한 그리움이 이곳에 도착한다

어둠을 뚫고 마른 가지
촉촉이 물오른 잎 새 틔우는 바람만 분주하다

시를 기다리는 시간

나뭇가지마다 움츠린 바람
수액을 밀어낸 얼음 아래 복수초
새순을 틔운다

허허로운 산천 돌무덤 옆
울타리도 없이 터를 잡은 야생화
철 따라 흔들리며 피고 지는데

언제부턴가 마음 한 귀퉁이에 심어놓은
시심은 말라 버리고
고장 난 詩의 시계는 내 안에 멈췄다
어둠의 모서리를 지키며
나는 어떤 詩語를 기다리는 것일까

닫힌 커튼 틈으로 스며오는 햇살 부스러기
속내를 들키지 않으려 하지만
그 속에 얽히고설킨 숱한 낱말들

긴 터널에서 빠져나가야 하는데
출구가 보이지 않는다

보랏빛 향기 일렁이는 날
무작정 떠나는 물왕리 호수, 선들바람 조율하며
차창으로 다가오는 시어 한 무리
동승하면서
어디로 가느냐고 묻는다

낯선 곳에서 일렁이는
지독한 그리움으로 바람이고 싶다

/
제3부
/

소녀의 고향

박꽃 피는 밤이면
소녀는 꿈을 꾼다

가난이 산처럼 솟았고
그 가난이 싫어 도망치듯
소녀는 돌아오지 않을 것이라며
도시로 떠나던 날

동구 밖까지 나와
손 흔들던 아버지와 눈물만 훔치던 어머니
가난하게 살지 않을 것이라고

고향을 떠난 소녀는
척박한 도시에 뿌리내리지 못하고
어눌한 생채기를 안고
변하지 않은 아버지의 땅에 돌아갔다

그리웠던 묵정밭 그곳
출렁이는 햇살 아래 잠시
도시의 소녀가 서 있다

호산 오일장

사립문 너머 하늘과 맞닿은 산
먹구름 번져가는
산은 또 한 계절을 바꿔 입는다

가을을 모두 비워내고
고추 배추 쪽파를 경운기에 싣고
호산 오일장 가는 날
갈치 몇 마리, 생필품 닭 소 사료를 사고
난전에서 국밥 막걸리 한잔 취기를 걸친 채
마을로 돌아오던 아버지 노랫소리
아직 들리는 듯한데

쓰러질 듯 서 있는 마을엔 초가집과
한 채밖에 없던 그 기와집 위로 어우러지며
저녁연기 아름답게 피던 마을

말투는 투박하지만
부지런한 사람들이 살아가던 곳
땅따먹기, 고무줄놀이 공기놀이
술래잡기하던 아이들은

어둠이 내린 집으로 돌아가고

아직 내 가슴속에 살아 있는
바람조차 조곤조곤 속삭이던 동네

저녁

고향 집 부엌에서 밥을 짓는다
솔가지로 아궁이의 불씨를 일으킨다
참나무가 타닥타닥

무쇠솥에 밥을 짓기 전
녹슬지 말라고 들기름 칠하고 반질반질 닦아
햅쌀 차조 수수 감자 넣고 지어내는 밥

솥뚜껑 아래 들썩거리던 젤리 같은 기억들
바닥에 눌어붙은 누룽지처럼
내 안에 끈적하게 들러붙어 있다

밥물이 방울방울
뜸 들어가며 구수하게 익어간다
부지깽이로 숯덩이를 꺼내 된장국도 끓이고
석쇠에 양미리 임연수어도 굽는다

찬이 없던 시절
밥맛만 있으면 시장이 반찬이라고
북적거리던 가족들 모두 떠나버린

단출한 밥상머리
어머니는 먹는 둥 마는 둥 하신다

사라졌던 웃음소리 되돌아왔지만
고슬고슬 윤기 나고 구수한 밥
그러나 왠지 마음 한쪽 텅 비어있다

골동품

코뚜레는 대문 위에 전시되고
외양간은 텅 비어 바람의 비명이 살고 있다

볏짚들이 깔렸던 마구간은
창고가 되어버린 지 오래
소여물 통은 골동품으로 팔려나간다

추수가 끝나면 지푸라기 짚단 건사하여
실한 것들로 짚을 꼬아
꾸러미 망태기 똬리 시루미 짚신 새끼 꼬던 할아버지
멍석 가마니 우장 맷방석도 할아버지 따라갔다

낮달이 구피 지붕 위에 걸린 저물녘
물비린내 풀풀 번지는
무논엔 개구리 울음소리 애절한 밤
알게 모르게 잊혀가는 그늘이 누워있다

누군가의 한 생을 일구었을
논바닥엔 잡초만 무성하고
바람 속에 자리 잡고 흔들리는 비닐하우스
잡풀 사이로 아우성이 비집고 든다

밀주와 밥

씨 뿌리지 않아도 피어나는 무리
뒷산은 세상에서 가장 아름다운 정원이었다
한 사람의 꽃밭이 아닌 우리의 화원

할머니는 꽃잎 밀주를 담그시고
항아리엔 숨죽인 꽃잎들
뽀글뽀글 폭폭 춤이 삭아갈 때
막걸리는 밥이 되고
서로 나누는 정이 되고

사촌들과 술지게미에 취해
툇마루의 추억이 되었다

디딜방아에 찹쌀을 빻은 가루로
노릇노릇하게 봄이 익어 갈 때
전병 위에 꽃 한 송이 얹으면
나비 한 마리 훨훨 날아와 접시에 앉았다

자박자박 발걸음 소리
진달래꽃 한 아름 꺾어 기억을 꺼낸다
툇마루에 걸터앉아 더듬어보는 아스라한 맛

화전

병풍바위 능선 따라
새들과 바람이 머물다가는 산양리
밤이슬을 머금고 진달래가 웃음 짓는다

다랑이 밭 칸칸이 햇볕 일렁이는 보리밭 너머
수채화 물감을 뒤집어쓴 신설동 옛 마을은 사라
졌지만
징검다리 건넛산 병풍바위를 둘러싼
진달래 군락을 이룬 반월산이 붉다

잠시 일손을 놓고 모여든 사람들
냇가에 가마솥 뚜껑 걸어 진달래 화전 부치고
사발 무지로 잡은 퉁가리 쏘가리 메기 매운탕과
은어 회, 잘 익은 소금구이 한 상
잔치판을 벌인다

진달래꽃처럼 화사한 어머니
봄을 한 아름 꺾어 안고
초경을 만난 소녀처럼 어느새
가벼운 걸음 뺨이 붉으시다

쓸쓸한 소문

해거름에 뛰놀던 아이들은 돌아가고
반딧불 길 밝혀주는 골목
호롱불 켜지는 마을이 밝아졌다

빛바랜 신문지 위로 덧바른 흔적의 벽
날마다 같은 이야기를 들려줘도
따뜻한 가족사가 얽힌 집
깊은 골짜기에서 쉼 없이 울던 바람은
할머니 물레질 소리에
문풍지만 울리고 돌아섰다

보름달처럼 마음이 부푼 아이는 숙녀가 되어
산골을 떠나고
간혹 도시의 소문이 튀밥처럼 부풀어
고향을 찾아올 때면 고요한 마을은 술렁거렸다

아침 빛살을 피해 계절을 건너지 못하고
잠시 머무르다간 이듬해 여름
떠나간 사람, 붉은 가슴앓이 하였을
그녀의 소식을 가슴에 묻었다

항아리의 작심

뒤란에 둘러앉은 빈 독 틈으로
윗마을에서 날아온 씨앗
바람으로 온 풀씨들 사이에 집을 짓는다

햇살이 다녀가고
틈을 보이며 땅을 헤집는 잡초 사이로
부재중인 빈터엔 바람이 졸고 있다

달 지고 이슬 걷히면
햇살이 소쩍새 불러들이는 풀숲에
낭창거리는 꽃대 위로 나비의 비행
앉은뱅이 항아리 위로 제집인 양 터를 잡고
숱한 시간을 채우고 비운다

새벽닭 울음 뒤로하고
하늘 빠끔히 여는 산골 마을
주인 없는 집, 발소리 기다리지만
장독대 위에 잡초 집을 짓는다

된장찌개 끓이는 시간

뚝배기에서 그리움이 보글보글 끓고 있다
엄마의 된장으로 찌개를 끓이는데
왠지 끓일수록 아버지 냄새난다

껄끄러운 콩대 같던 아버지
그 줄기에 매달려 콩알처럼 알알이 영글어
늙고 메말라 흔들리는 바람개비 같은 몸으로
타작을 하였을 것이다

다섯 가지의 파릇한 웃음소리도
콩의 성질을 지닌 된장처럼
우린 콩대의 깊은 뜻을 모르고 살았다

콩꼬투리 짚불에 구울 때
타닥타닥 타들어 가던 그 소리 사라지고
묵정밭엔 소금을 뿌려 놓은 듯, 개망초 자리 잡고
아버지의 구불구불한 인생길 둑에서

사라지지 않는 기억

초가지붕 아래
서걱거리는 창호지 틈으로 별빛 들어오면
꿈을 키우던 열네 살 소녀는
앉은뱅이책상에서 무슨 꿈을 꾸었을까

신설동 솔밭 아래
새벽을 밝히던 화전민촌은 사라지고

회양목 군락
기암절벽 용암산 아래 고지 배가 지천이었고
가난을 일구던 윗 모태 아랫 모태
목 너머 골짜기, 종현동 한태 하가 꽃 거리
천년 학과 옹이 장수의 고적 마을
마귀할멈과 용이 살았던 용암산 자락은 전설이
되고

기와 천년, 굴피 백 년이라 했던가
석축이 허물어진 빈집 디딜방앗간 우물도
손때 묻은 벌통과 베틀도 사라지고

꾸불꾸불한 비포장도로가 끝나는
북두칠성 마을은 적막 속에
짝을 불러대는 개구리 소리 우렁찬 밤

소녀는 아직도 꿈을 꾸고 있는지

승봉산 풍경

용이 살았던 것일까
거대한 용바위 아래
나지막이 자리 잡은 옛 축천국민학교
뜀박질하던 웃음소리 들릴 것만 같다

앞산 뻐꾸기 울면 청보리 구워 먹고
학교 뒷마당 설익은 돌배에 돌멩이 던지며
까르르 산비탈을 구르던 나뭇잎
아름드리 밤나무는 말하지 않아도
제 몸 털어, 아이들 발 앞에 알밤을 던져 주었지

산양팔경 승봉산은 마을을 품고
창녕재 바람은 가곡천을 넘나들어
자갈밭의 행간을 더듬다
꽃거리 천촌 살령 복다링골 삽싯골
억겁의 시간을 돌아 나오는 동안

승봉산 아래 이방인의 쉼터 황토 펜션 유원지
반월산 노송 위로 날던 학은 자취를 감추었다

자박자박 둑에 서면
재잘거리던 웃음소리 들리지 않는 마을
자동차의 질주로 몸살을 앓는다

임원항구

동해로 달려가는 고속도로
뭉게구름을 싣고 달린다

꼬박 다섯 시간
영동고속도로 강릉을 지나 삼척으로 달려
밤안개 내린 임원 부둣가에 지루한 길을 세운다

세찬 파도와 써레질하며
바닷고기를 건져 항구로 돌아온
어선들은 만선이다

공판장에 배를 뒤집고 버둥거리는 대게들의 반란
비릿한 포말은 몽글몽글 뱉어낸다

제철인 바다를 맛보려
밤새 달려온 도시 사람들
갸우뚱거리는 바람이 누군가에게 던진 말

"너희가 게 맛을 알아"

잠깐 저울에 올린 그리움의 무게
달콤한 임원항구의 비릿한 맛이 돈다

직물 짜는 속지

토담집 담장에 터를 잡고
요술처럼 늘어나는 팔을 비틀어가는 동안
풍성한 터널을 만든다

잎겨드랑이 틈으로 노란 꽃을 내미는 꽃대
매일 그곳을 찾는 할머니 혼잣말처럼
잘 자라 거라,
손에는 땀이 맺혀 있었다

까만 종자 씨알, 향기도 없는 것이
덩굴손 푸른 줄기에서 한 방울씩 만들어준 수액
그 즙을 마시면 기침 소리도 가라앉았다

성근 직물을 지키려 비바람 허공 속에서
두꺼운 거죽이 틈새를 품으며
그물망을 촘촘히 엮어 직물을 짜듯
셀 수 없는 몇 새*의 실 구멍이 꽉 들어찼다

한낮의 시간을 달구고 검푸른 여백은 단단하게
수많은 별이 지고 낮과 밤이 지난 시간

펄펄 끓는 쇠솥에서, 죽어서야 까칠해져
공생하는 그늘에서 질겨진 속지
바람의 표정을 남긴다

아주 오랜 옛날 부엌 한쪽에 자리한 그 이름

* 한 새의 바디에 실 구멍 40개로 짜는 베틀

용암산은 수채화에 잠기다

산의 자궁 속으로 비가 내린다
그 빗줄기를 물고 사는 사람들
산은 동해를 등지고 서 있다

승천하지 못한 이무기가 용암산 전설이 되고
증봉산을 둘러싼 산양 떼와 학 무리 사라진
천촌 살령 살래 구석기인들의 터
태백산맥에서 흘러온 가곡천이 호산 바다로 흐
른다

아이들이 매달려 놀던 상수리나무
고지배 서리, 옥수수떡으로 허기를 채워주던
학교는 폐교로 세계 유기농 농수산 연구교육관
이 자리하고
골짜기에 물줄기는 풍요한 농경지

제 꼬리를 흔들어 깃털을 말리는
무수한 바람의 깃이
세상사에 젖은 마을을 말린다

가부좌를 틀고 병풍처럼 둘러앉아 굽어보는
용암산 아래 흙을 일구는 사람들
간혹 계절의 손에 이끌려 수채화를 그린다

불꽃

척박한 곳에 꽃 피우던 산골 소녀
세상이 숨겨 놓은 비밀 찾으러
치열한 길을 돌아오는 동안
맺지 못한 옹골찬 열매

넘어져도 오뚝이처럼
고민할 틈도 없이 앞만 보고 걸으며 행복하다고
심장은 초침 소리처럼 뛰는데
시들지 않는 불꽃의 열정 다 내놓지 못했다

박수를 받고
여기저기서 빛나는 소문이지만
파란의 일상에 부딪히고
만나고 헤어짐이 반복되는데
여전히 허공의 메아리로 떠돌 뿐

아직도 뜨거운 가슴 똬리를 틀고
필사적으로 쫓고 있지만
온기를 느낄 틈도 없이 빠져나가는 꿈
몰려오는 시간이 캄캄하다

도라지꽃 피면

청보리밭 이랑사이로
다독이는 바람 소곤소곤 속삭이며
명치끝에 머무는 그리움 달래준다

이천 호국원
떠나신지 칠 년
그곳에서도 아픈 허리
뒷짐 지고 다니시는지요

풍경처럼 펼쳐진 야생화
햇살 한줌 내려오는
산밭에 도라지꽃 피면
마누라 이쁘요, 하셨는데

바람에 소식이라도
전해주었으면

그때 그 자리

항상 혼자였던 아이는 말이 없었다
옷과 운동화는 깔끔하고
늘 슬픈 듯 하얀 얼굴
한 번만이라도 말을 걸고 싶었지만 마음뿐이었다

온 산이 연분홍으로 물든 날
아이는 천천히 골목을 빠져나가 뒷산을 올랐고
소녀는 결코 따라가지 못했다

골목에서 기다렸다
노을을 따라 아이는 내려왔고
아이의 가슴에는 진달래가 한 아름 안겨 있었다

소녀는
공기놀이로 외면했다

그날, 서울에서 온 가족들을 따라
아이는 자동차에 올랐고
소녀는 그제야 손을 흔들며 바라보았다
아이는 방긋 웃었고

처음으로 웃는 얼굴이 환하였다
자동차는 골목을 빠져나가고
진달래보다 진한 노을이 따라갔다

그 아이가 떠나버린 골목
그때 그 자리에 서서 바라본다
화사한 웃음이 노을에 번지는 것을

/
제4부
/

도시 사람들

도시의 빌딩과 그 사이로 이어지는 길

비정한 사람들의 이야기가
곱창집에 둘러앉은 사람들 술잔에 흘러넘친다
고단한 시차에 모여드는 골목
인생 역전을 꿈꾸던 시간이 과거 속으로 묻힌다

반질거리던 집기들은 쓰레기로
그 속에 달라붙는 녹
밤낮없이 환풍기는 과부하에 걸려 윙윙거릴 뿐

이리저리 눈치를 살피며
한껏 키를 낮추려는 사람들과 험악스런 힘
그들은 무엇으로 뜨거워질까

코로나바이러스, 혼돈 속에서
피로에 지친 우리의 일상
바람이 잠시 멈춘 이웃의 골목
어느 빌딩, 숲 사이를 지나고 있을까

떠도는 기억

시간을 잊어버린 코스모스
라일락과 함께 피었다
기다림에 지친 익숙한 봄은 오는데

소 돼지 오리 떼죽음이 수십 리를 이어져 묻힌 곳
날마다 터지는 물음표 가득한 사건 사고들
그 사이로 강이 흐른다

씁쓸한 혼란의 시대
포성이 멈추지 않는 먼 나라 이야기와

지진과 방사선으로 슬픈 이웃 나라의 이야기가
뉴스의 시차時差를 타고 날아든다

출구를 찾지 못하는 얽히고설킨
시끄러운 확성기 소리
이편도 저편도 아닌 식어버린 페이지에
자신의 욕심을 위해 허공엔 공약이 쏟아진다

뿌옇게 망막을 가리는 일상
눈엣가시 같은 운무 속에 가려진 계절이지만
제철을 잊고 서둘러 핀 코스모스
설핏설핏 떠도는 옛 그림자가 들어 있다

숨 막히는 도시

지하철 환승역 입구 마다
자전거 오토바이 거치대 공간이 점점 늘어난다

출퇴근 차들의 진열로 지하 주차장은
비집고 들어갈 틈 하나 없고
지하철 입구마다 자전거 거치대 공간
어느새 하나둘 전동 킥보드가 점령하고 있다

인도에 자전거와 사람이 공존하는 도심
이륜차는 전용도로를 달리지만
자출족 들은 교통비를 줄이고
운동은 덤으로 따라오는 자유

때론 킥보드 외발자전거 사고로
아수라장이다

수리, 서비스가 도심 속에서 하루를 시작하는
숨 막히는 길 위
두 바퀴로 씽씽 달리며
적당한 거리에 멈춰 숨 쉴 틈을 만든다

발자국 따라가는 길

새로 입힌 시멘트 바닥
물기 채 마르지 않은 골목
누군가 밟고 갔다

저 막다른 곳에 멈춰버린 발자국
어디로 갔을까
깊게 새겨진 무늬 따라 시간도 저문다

어둠의 길을 뚜벅뚜벅
한 방향으로 걸어갔을 골목
혼자면서도 혼자가 아닌 것 같은 걸음걸이
만나고 헤어지고 채우고 비워가는
생각들이 그림자를 따라간다

바람이 핥고 지나가는 무상한 소문
한 자락을 잡고 따라가 보았지만
어디론가 숨어버린 허상

담장 위로 누렇게 익은 감나무 잎 떨어지며
알알이 여물지 못한 문장은
노을 진 창틀에 걸터앉는다

도화꽃 피는 날

살가운 봄인가
도화꽃 움트는 이파리 위에
바람이 내려앉는다

간밤 뒤척이던 잠 속에서
한 여자가 도화 나무 아래서 파르르 떨고 있다
새 소리에 깨어보니 유리창에 비치는 내 모습
무릉도원 천지에 도화살 맡지 않으려
무던히도 애 써왔다

한순간에도 절정을 꿈꾸던 도화꽃
짓무른 상처 곪아 터져도
까칠한 감정을 추스르고
분첩을 열어 한껏 멋을 부려보지만
부드러운 햇살은 비켜가고
틈새로 들락거리던 바람도 모른 체 비켜간다

사람들은 어제를 잊어버린다
기억하고 싶어도 기억할 수 없듯이
세 가지 색을 지닌 도화처럼 피고 지는 불씨

얽히고설킨 기억의 퍼즐을 맞춘다

산자락 사이에 솟아있는 산은 또다시 연초록
수만 개의 얼굴에 화사하게 번져간다

그 남자에게서 나를 만나다

폭우가 쏟아지던 날
한강 수위 차오른 강변북로를 달렸다

빛과 꽃 인물 풍경화를 그리는 남자
첫사랑과 알리스까지 잃어버리고
예술로 살아온 지베르니 정원사
라일락 수국 물망초 사계절 꽃을 가꾸는 그 남자
아내를 사랑한 흔적과 환상의 정원이 남아 있다

거대한 연못 앞
친구들과 의자에 앉아
잠시 모네의 일생에 대해 생각한다
그는 친구인 시인 스테판에게
지금 당신이 제일 좋은 때라는 편지를 받았다는데
진정 내게 격려해 줄 단 한 명의 친구가 그립다

사람들은 내 그림에 토론하고
내 그림을 이해하는 척하기도 한다
그러나 정말 필요한 것은 그냥 사랑해 주는 것이다*

그의 말처럼
누군가 내 시어도 그렇게 사랑해줬으면

* 모네의 말 인용

바람에 고백하다

날마다 오르내리는 그늘진 계단을 벗어나
사라진 나를 찾으러 떠난다

서해안고속도로 돌아
자기 부상 열차를 타고, 버스로 환승한 후
무의도 선착장 뱃머리에 서면
언젠가 만난 것 같은 기억이 되살아난다

실미도와 천국의 계단을 지나치고
잡히지 않는 데자뷔, 솔바람 소리와
무덤처럼 움직이지 않은 기암괴석들
오래전부터 터를 잡고 있다

파도 소리는 마음을 어지럽히고
구름 사이로 떨어져 나오는 그리움 한 조각
어슴푸레한 추억을 어쩌지 못해
숨기고 싶은 속내를 고백하고야 말았다

먹이를 찾는 갈매기처럼
종종거리던 일상

마음의 날개를 다시 펼쳐 보려 하지만
이내 제 자리로 돌아오는 비행
또 다시 단단하게 메워질 시간을 조립한다

잠의 공식

푸석거리던 감정도
절기 따라 떠나는 밤

거리를 떠돌다 붉게 타버린 기억들은
바람의 길을 따라 헤매다가
노을 속으로 사라진다

시계 초침을 밟고 건너가는 시간
바람이 도착한 길 언저리엔
기다려도 오지 않은 침묵이 꿈틀거린다

삼경이 지나도 분열되는 밤
지독하게 머릿속 생각은 흔들리고
잠을 쫓아버리는 이명증
고요를 파고든다

미동도 하지 않은 채
시간의 징검다리에 앉아 있는 너
얽히고설킨 감정은 바삭바삭 타들어 가고
또 다른 이명으로 몰려오는 어스름

천근만근 눈꺼풀은 쳐지고
숨 고르며 한밤을 다독여보지만
야금야금 정신을 갉아먹는 어둠 속에서
눈이 벌게진 불면

창밖 보름달도 슬며시 구름 뒤로 숨어버린다

공기압 측정 공식

텔레비전에서
졸음 과속 난폭운전, 광란의 폭주족
제멋대로 타인의 목숨까지 앗아가는 도로위의
무법자
자동차를 감가상각 시키는
과실 비율을 열거한다

전문가에게 정비를 맡기고
수십 년 운전해도 적정 타이어 공기압
마모상태에 대해 모른다
타이어는 생명인데

노면의 온도 차로 사고가 발생하고
타이어마다 공기압이 표시되었다는데
적정 공기압이니 최대 공기압이니
낯선 용어 도무지 뜻을 알 수 없다

주차장에 고철 덩어리로 서 있다가
둥근 네 개의 바퀴를 굴리며
불협화음이 몰려드는 거리

파열음에 아스팔트에서 조각난 잔상들
거대한 동물처럼 몸이 너덜너덜해진 시체 한 구
잿빛 도시에 굴러다닌다

좌판 위의 도마

아마존 밀림에서
바다를 건너온 통나무 한 토막
튼튼한 도마가 되어
광명 재래시장 생선가게로 왔다

미로 같은 골목
시끌벅적한 난전에 터를 잡은 지 30년
움푹 파인 도마에는 칼질로 버텨온
세월의 흔적이 있다

일생을 바친 장터
할아버지 손에서 은비늘 조각처럼
조기 갈치 동태가 탕탕, 잘려 나간다

거친 손바닥엔 비린내가 배어있다
할아버지가 떨어뜨린 어깨의 통증까지
모두 도마의 몫이다

파장 무렵 한 평 남짓 질펀한 공간
그 많은 생선은 좌판을 떠나고

비릿한 시간을 지우느라
굽은 등 거친 손이 가스 불로 도마를 말린다

이곳엔 숱한 바다가 지워졌다
칼을 잡은 손도 점점 힘이 빠지고
그 자리에 2대째 아들이 터를 잡으며
아버지의 칼을 잡는다

널브러진 좌판을 정리하는 시간
봄바람이 골목 시장에 머문다

언어 마술을 복제하다

우연이 인연이 된 어느 날
수줍게 바라보던 그녀

누군가에겐 사랑으로
또 다른 이에게는 거짓으로 꾸며
올가미를 씌우거나 덫을 쳐 살아가는 그 여자
반복된 거짓이 위선의 늪이 되어
사람들의 눈과 귀를 막아버렸다

세 치 혀가 날름거릴 때면
동굴처럼 드러나는 검은 입속
늘 누군가를 만나 흑심을 채울 궁리만 했는데
달콤하고 끈적거리는 사탕발림의 말에
진실은 그녀에게선 흔적 없이 녹아 버렸다

단내를 풍기지만
독을 품은 말에 정신이 가물거리는 오독
비밀의 가방엔 욕심과 탐욕이 들어있었다

수첩에 **빽빽**하게 표적들이 채워질 때
가난한 자의 피눈물까지 빨아먹은 언어 마술사
누가 그녀를 황폐하게 했을까
얼굴 뒤에 숨겨진 악마와 천사의 가면

어쩌면 나도 우리도 공모자인지 모른다

선글라스로 감추다

싱숭생숭한 바람결에 외출을 한다
잠깐 청춘으로 돌아가려 애쓰는지
홍대 거리에 무작정 도착하여
휘적거리며 지나는거리 가판대엔
각양각색의 선글라스가 넘친다

손거울에 비춰지는 내 모습
어울릴 것 같은 나비모양을 고르고
주름진 시간을 적당히 가려본다

밤새 울다 퉁퉁 부은 눈에
미처 화장하지 못한 내 생각도 감춘다

가끔 커다란 선글라스로 한껏 치장을 하지만
저녁노을에 까닭 없이 글썽이는
감추어지지 않는
한 줌의 눈물

시간을 조립하다

사무실 근처 찻집, 혹은 길거리에서
아이패드로 사람들과 만남을 확인한다

낯선 사람들은
얼마만큼 약속을 지킬 것인지
바람 앞이로 잡은 시간은 불안하게 흔들린다

늘 변하기만 하는 마음
갈무리 하지 못한 약속은 파기되고
애써 쌓아 놓은 시간은 와르르 무너진다

끈질기게 단단한 바람을 움켜잡으며
조립하지 못하고 지키지 못한 단절
또 다른 만남을 약속하며
고장 난 시간을 잠시 남겨둔다

굳어져 가는 열 손가락
초침과 분침은 무심히 흘러가지만
시간도 머물지 못하는 그 공간에서
또 한 번 헐렁한 관계를 조립 중이다

염전

염도 26도면 소금이 뜬다
송홧가루 섞이면 최고의 소금이라 한다

내리쬐는 햇살만큼 소금이 익어가는 시간
철벅 철벅 장화소리 들리고
소금은 함부로 흩어지지 않는다

윤슬에 눈부신 보석을 그러모으듯
질펀한 장화 위로 아주 잠깐
바람이 지나간다

들썩거리는 봄볕 한 줌 흩어지고
해 질녘까지 대파 질로
어둠이 고무래를 밀고 있다

홍염*

습도에 단련되는 시간
누렁이 혓바닥처럼 축 늘어진
삼복더위 속 그림자들

어디로 갔는지
목줄과 함께 사라진 누렁이는
며칠째 돌아오지 않는다
이글거리는 볕에
숨통이 조여드는 한낮
소금에 절인 듯 빳빳한 풀잎도 맥이 풀렸다

아스팔트 바닥이 절절 끓는 아랫목이다
밤낮을 구분할 수 없는 열대야 38도
고래 심줄같이 잠을 물고 늘어지는
불면의 시간이다

선풍기 혼자 돌아가고
초침 소리가 신경을 건드린다
티브이 속 주인공도 관객이 없어 쓸쓸하다

* 태양 가장자리에서 내뿜는 불꽃 가스

또 다른 시작

초목의 뿌리는 봄을 붙잡고
제 몸 의지할 곳
돌부리 사이에 터를 잡는다

외로움은 그 자리를 지키려
연초록으로 싱싱한 봄을 설계하고
또 다른 바람의 길을 내며 걸어간다

어느 담벼락에서도 익숙하게 집을 짓고
한 줌 햇살 기웃거리는 돌담
풋풋한 윤기는 고만고만한 줄기를 붙잡고
키를 늘리는데

태양을 받아 삼키며
잎맥 뒤에 작은 씨알 숨긴 채
한낮의 열기로 담쟁이는 칸칸의 집을 짓는다

틈을 비집고 끈질기게 따라오던 햇살
발톱을 숨긴 탱탱한 줄기는 바짝 긴장하지만

또 다른 시작 앞에서
오랜 침묵을 견디는 시간
바람의 속지를 채우며
다시 시작하는 봄

사적인 기억

어제의 일들을 망각하는 하루
앞만 보고 달려온 길
미완과 모순의 시간이 빛과 어둠속에서
예측할 수 없이 불쑥 튀어 나온다

새로운 것에 도전하려 하지만
아직 때가 되지 않아
어느 처마 밑을 떠다니는 저편에 남겨질 티끌
내 곁에 영원히 머물 것 같은데
어떤 것도 남아 있지 않다

아무도 찾아가지 않은
우체통 앞, 먼지와 낙엽만 쌓이고
은행나무가 한 계절 함께 잘 지냈다고
지상의 소식을 듣는다

침침한 굴레를 벗어나려 해도
따가운 시선이 붙들고
넉넉해지려 해도
바뀌는 세상은 내민 손을 뿌리치는데

오래된 상처와 동거하는 동안
여전히 불빛을 맴도는 뒷모습은 쓸쓸하다

절룩거리는 저녁
서툰 문장으로 매일 바람의 편지를 쓰지만
풍문으로 듣는 소리
우체통이 없어 그리움만 차곡차곡 쌓여간다

가이아 Gaia 지점을 찾는 원환적 풍경

박용진(시인 · 평론가)

코로나 블루로 인하여 현재의 세상은 아포칼립스 apocalypse적인 분위기로 잠식되면서 삶은 이전과는 다른 틈을 생성하는 풍경이 일상이 되었다. 이러한 틈은 어떤 의미인가. 틈은 벌어져 사이가 난 자리, 어떤 일을 하다가 생각 따위를 다른 데로 돌릴 수 있는 시간적 여유와 공간을 포함하지만 희망적 의미의 여백과는 다르다.

정신적 무질서인 불안은 자신도 그 원인을 알 수 없는 내면의 주관적 감정 충돌의 산물이며 생존 본능에 기인한 감정으로 불쾌한 일과 위험에 대한 예견의 부정적 정서다. 불안은 무의식과 잦은 호환을

하며 즉시 인지할 수 있는 공포와 구분이 된다. 바이러스의 확산과 죽음에 대한 회피 의식에서 비롯한 불안한 틈은 더 넓어져서 우리의 생활을 좀먹는 현실이다. 세상은 분절로 인한 아픔이 가득한 곳이다. 유토피아를 지향하면서 디스토피아로 돌아오는 현실에서 이에 대한 직접 경험도 있지만 간접 체험만으로도 사람들은 불안에 빠지게 된다.

우리가 감각하는 모든 대상은 겉과 내부로 나뉘는 것으로 인식한다. 내면 혹은 속성은 외부와 분리된 상태로 만상의 근본으로 느껴지기에 너와 나는 독립된 개체로 인식하면서 물리적 단절 상태가 당연시되는 분별심과 코로나바이러스에 기인한 생존 욕구가 더해져 자기중심적 편파의 확산으로 분쟁의 패턴은 주기적으로 반복되어 불안과 고통의 원인이 된다.

지구를 환경과 살아있는 하나의 유기체적 생명이라는 이론이 있다. (제임스 러브록 저,1978년『지구 상의 생명을 보는 새로운 관점』)

지구에서 태어나 살아가는 사람들은 지구를 어머니라 부르기도 한다. 어머니의 입장에서 지구 생물을 바라본다면 만물은 각각의 영역을 지키며 서로 유기적 관계로 잘 살아갈 것을 바랄 것이다. 갈등과 분쟁을 일삼지 않더라도 불완전한 세상의 불안한 파편으로부터 언제나 결핍을 보충해주고 싶은 자식을 보듬는 마음일 것이다.

　시집『사적인 기억』에는 성인이 된 소녀의 추억과
그리움을 담고 있다. 물질세계의 많은 부정적 현상
을 마주하며 그리워하는 마음은 그 자체로 행복함
이 될 수도 고통스러울 수도 있지만 가족들을 그리
위함은 성장과정의 충족과 충만을 다시 가족들에게
나누고 싶음이리라.

　　　빛바랜 신문지 위로 덧바른 흔적의 벽
　　　날마다 같은 이야기를 들려줘도
　　　따뜻한 가족사가 얽힌 집
　　　깊은 골짜기에서 쉼 없이 울던 바람은
　　　할머니 물레질 소리에
　　　문풍지만 울리고 돌아섰다

　　　보름달처럼 마음이 부푼 아이는 숙녀가 되어
　　　산골을 떠나고
　　　간혹 도시의 소문이 튀밥처럼 부풀어
　　　고향을 찾아올 때면 고요한 마을은 술렁거렸다

　　　아침 빛살을 피해 계절을 건너지 못하고
　　　잠시 머무르다간 이듬해 여름
　　　떠나간 사람, 붉은 가슴앓이 하였을
　　　그녀의 소식을 가슴에 묻었다

　허전하고 쓸쓸함은 주체가 남의 움직임에 따르는 피동적 마음 작용이다. 쓸쓸한 마음 한 줌은 어디에서 오는가. 모든 것은 계속 유동적인데 특별한 의미를 두지 않아도 미충족에 머무는 것은 나의 삶이 허락하는 일에 반해 결과는 궤적 바깥으로 돌기 때문이다. 아무리 마음을 정제하고 허락해도 사람 사이 관계성의 거리 이탈로 아득해짐은 불가피하다. 더군다나 가족의 부재가 가져오는 상실이라는 현실은 인정하기가 매우 어렵다. 세상을 이루는 만물은 상보성[1]의 원리로 이뤄져 있지만 눈에 보이는 가시성만을 인정하게 되는 물질세계의 한계로 불안과 이에 수반되는 외로움을 느끼게 된다. 왜 사람은 외로움을 느끼는가. 자발적인 고독과 다르게 외로움은 부정적인 의미를 담고 있는 수동형이다. 모체로부

---

1) 양자물리학의 중심이 되는 코펜하겐 해석은 원자를 구성하는 양성자나 전자와 같은 입자는 파동과 입자와 같이 전혀 다른 두 가지 성질을 가지지만 원자를 구성하는 입자들과 관계된 현상을 완전히 기술해 내는 데에는 두 가지 성질 모두가 필요하다는 것이었다. 빛은 간섭이나 회절과 같은 실험에서는 파동의 성질을 보여주고 광전효과 실험에서는 입자의 성질을 나타낸다. 그러나 한 가지 실험에서는 두 가지 성질이 동시에 나타나지는 않는다. 전자나 양성자와 같은 입자들도 같은 성질을 가진다는 것이 확인되었다. 보어는 빛이나 입자들이 가지는 이러한 이중성을 상보성 원리라 했다.

터 분리되며 외로움은 태생적 감정으로 심층 의식에 자리 잡으며 특정한 상황이 되면 쓸쓸함과 불안함까지 느끼게 된다.

숙녀가 된 아이의 귀향 소식에 동네는 술렁였다. 부러움 섞인 이런저런 말들은 소문이 되고 동네로 들어설 땐 의기양양했을 것이며 할머니는 이런 손녀를 맞이하면서 얼마나 기뻤을까. 따뜻했던 가족사를 두고 떠난 할머니에 대한 그리움으로 외로움이 묻어난다. 지난 외로움의 재구성은 시인의 다른 작품에서도 보인다. "외로움과 그리움 슬픔을 끌어안고" "좋은 시를 쓰기 위해", "우울과 불안과 고뇌의 시간을 빈방에 매달아 두고"(「쉰과 예순 사이」) 시를 쓰는 시간은 행복한 시간일 것이다. 그러나 시인은 마냥 유쾌하지만은 않다. 슬픈 감정에 편재한 외로움과 공전하는 그리움 때문이다. 나이 쉰과 예순 사이는 시인 스스로 멈춘 시점을 말하고 있다. 바쁜 현대인들은 속도조절이 어렵다. 완만의 조절과 중간일 자리에서 통찰력을 발휘함은 시인들이 해야 할 일이다. 우울할 수도 불안할 수도 있는 고뇌를 끄집어내서 시를 쓰는 시인임을 얘기한다.

그 집 땅을 밟지 않으면
마을을 지나지 못했다던 부잣집 셋째 딸
많은 혼처 자리 마다하고

두메산골 가난한 남자를 만났다

이것은 아버지와 어머니가 짝이 된 사연
호롱불 아래서 듣던 이야기

첩첩산중 보리 감자 옥수수로
억척스러운 세월 다섯 남매 키워 낸 어머니
온몸에 옹이 박힌 등 굽은 할머니가 되었다

파인 주름살만큼이나 산촌의 시간도 굽어져
한 굽이 또 한 굽이 넘을 때마다
곤궁하기만 하던 시집살이

먼저 떠난 다섯째
생인손을 앓는 주홍글씨로
평생 마음에 새기고 살아온 세월

가지 많은 나무에 바람 잘 날 없던 시절
모두 떠나버린 엄마의 빈집

　　　　　　　　　　　－「엄마 곁이 되어 주지 못했네」 전문

　극단으로 치우치는 현상에 대해 누구나 불안을 느
끼기 마련이다. 바이러스의 팬데믹 위험성에 만성
적 심신의 피폐화는 상상력을 토대로 한 새로운 작

품 창출에도 영향을 줄 수 있다. 현재가 힘들다고 생각하면 사람은 품에 안겨 위로받고 싶어진다. 죽음의 공포까지 가져오는 세기말적인, 혹은 하루하루의 시간성에서 불안함에 대해 시인은 재확인하는 그리움을 말하고 있다. 이 시의 시적 공간을 채우고 있는 이미지는 애절한 시선이다. 사랑하는 가족들의 상실에서 오는 결핍감과 불안은 극단의 외로움을 느끼게 한다. 추억은 이런 틈을 메워줄 수 있을까. 추억의 시적 의의는 그리움이다. 사람은 누구나 모체를 향한 근원의 그리움을 안고 있으며 추억을 들여다보면서 아픔이 낳은 그리움을 소환한다.

부잣집 셋째 딸 유복자로 태어나 두메산골의 아버지에게 시집온 다음 주름살 같은 겹겹의 산을 넘는 억척스러움으로 다섯 남매 키우다가 아이를 잃은 슬픔을 시인은 절절이 토해내고 있다.

스피노자는 "슬픔은 인간이 더 큰 완전성에서 더 작은 완전성으로 이행하는 것"이라 했다. 가족 구성원의 탄탄했던 텐세그리티[2] 구조의 변화는 아픔이지만 상처는 아물수록 수긍할 수 있는 내적 성장의 결집을 가져올 수 있음을 시인의 현재에서 알 수 있다.

"나뭇가지마다 각혈하는 꽃들", "뒷마당에 허리

---

2) tensional integrity, 긴장에 의한 통일적 결합체

숙인 할미꽃에 묻는다", "누구를 기다리는지요", "지나간 날을 그리워하는지요"(「덕풍골」), "구름 사이로 떨어져 나오는 그리움 한 조각"(「바람에 고백하다」), "색 바랜 추억들로" "엄마의 주름진 가시밭길"(「깃털 엄마」)에서도 아련한 그리움의 채색 밀도가 높다. 불안이 불러오는 현대인들의 외로움과 그리움을 시인 내면의 탐색을 통해 형상화시켰다.

시계 초침을 밟고 건너가는 시간
바람이 도착한 길 언저리엔
기다려도 오지 않은 침묵이 꿈틀거린다

삼경이 지나도 분열되는 밤
지독하게 머릿속 생각은 흔들리고
잠을 쫓아버리는 이명증
고요를 파고든다

미동도 하지 않은 채
시간의 징검다리에 앉아 있는 너
얽히고설킨 감정은 바삭바삭 타들어 가고
또 다른 이명으로 몰려오는 어스름

천근만근 눈꺼풀은 쳐지고
숨 고르며 한밤을 다독여보지만

야금야금 정신을 갉아먹는 어둠 속에서

눈이 벌게진 불면

-「잠의 공식」 부분

천도화 시인의 작품들은 주체와 객체가 밀착하여 융화하면서 주체와 대상 사이의 대립이 나타나지 않는 서정시의 본령을 잘 따르고 있지만 "시계 초침", "이명증", "바삭바삭 타들어 가고" 같은 상징어와 행의 응집으로 하루의 끝인 밤은 잠들지 못하는 백야를 이루면서 '잠을 잔다는 밤'이라는 이미지의 결이 예상과 다르게 낯설게 다가온다. 현대인들의 일상은 때로는 선한 거짓말 때로는 위악스럽게 행동해야 할 때가 있다. 이를 지켜보는 시인의 심층 의식엔 과다한 부하 작용으로 감각 교란이 일어났을 것이다. 시계 초침 소리가 크게 들리고 귀속엔 낯선 이명이 울리고 가만히 누워 있으면 얽히고 설킨 잔여 감정들이 뿜는 기포 같은 이생각 저생각이 이어지는 견디기 힘든 불면에 필연성을 부여하면서도 시인은 시집 작품에 전반에 흐르는 회귀의 그리움을 보더라도 우연성으로 밀쳐둘 뿐으로 짐작한다. 세상은 언제나 온전한 상태로 존재할 수가 없다. 시인은 시대상황에 따른 집단 무의식에서 벗어난 개별 체험을 부정의 형식으로 언택트untact의 시대를 견디라는 전언을 준다.

"불협화음이 몰려드는 거리", "파열음에 아스팔트에서 조각난 잔상들은"(「공기압 측정 공식」)에서도 은유의 방식으로 부서지기 쉬운 자아를 보여준다. 삶은 생각과는 다르게 전개되는 경우가 많아 사람들은 모순성이라 여기며 상실감에 사로잡히기도 한다. "바람이 잠시 멈춘 이웃의 골목", "어느 빌딩, 숲 사이를 지나고 있을까"(「도시 사람들」)에서는 시제에서 예견하듯 도시라는 단어는 다의적이다. 사람이 많이 사는 지역은 물론 아무리 해도라는 부사와 어쩔 줄 몰라 쩔쩔매는 의미의 명사까지 현재 사는 도시 사람들에 대한 모든 의미가 함축되어 있다.

시집 전반에 나타나는 흙, 꽃, 산, 봄 같은 자연회귀의 방식처럼 이런저런 복잡한 상황에 대하여 바람이 되어 스쳐지나든지 날려버릴지 모르지만 시인은 바람의 방식을 내민다.

초목의 뿌리는 봄을 붙잡고
제 몸 의지할 곳
돌부리 사이에 터를 잡는다

외로움은 그 자리를 지키려
연초록으로 싱싱한 봄을 설계하고
또 다른 바람의 길을 내며 걸어간다
어느 담벼락에서도 익숙하게 집을 짓고

한 줌 햇살 기웃거리는 돌담

풋풋한 윤기는 고만고만한 줄기를 붙잡고

키를 늘리는데

태양을 받아 삼키며

잎맥 뒤에 작은 씨알 숨긴 채

한낮의 열기로 담쟁이는 칸칸의 집을 짓는다

틈을 비집고 끈질기게 따라오던 햇살

발톱을 숨긴 탱탱한 줄기는 바짝 긴장하지만

또 다른 시작 앞에서

오랜 침묵을 견디는 시간

바람의 속지를 채우며

다시 시작하는 봄

– 「또 다른 시작」 전문

현재라고 느끼는 지금은 디나미스[3]와 에네르게이아[4]의 경계다. 대상에 대하여 감각기관이 인지한 상태가 뇌에 도달하기까지의 시간차로 인하여 이미 지난 과거를 현재라고 인식하면서 가능태를 포함하

---

3) dynamis, 가능태 可能態
4) energeia, 현실태 現實態

는 동시성을 가지고 있다. 이런 가능태의 영역은 다시 현실태를 포함하는 반복이 끊임없이 이어진다. 시간과 공간을 바탕으로 한 다양한 현상은 질료가 되고 추측, 상상 같은 사람들의 생각은 결과라고 명명하는 현실태를 낳고 결과는 다시 가능태를 향하게 된다. 사람은 계속 가능태와 현실태 사이에서 존재라는 이름으로 현현顯現하고 있다.

시인은 틈이다. 존재의 부재에 대한 질문과 회귀의 과정을 거치면서 '다음'이라는 다차원의 영역을 제시한다. 다음은 시간성과 공간성을 포함하고 무한성 그 자체가 된다. 언제나 새로 시작할 수 있다는 여백으로서의 다음 방향 설정을 이야기한다. 외로움은 바람에 맡기고 틈엔 따뜻한 햇살이 스민다. 어쩌면 또 다른 시작이라는 작품이 시집 전체의 요약이라 할 수 있다.

분별심이 크다는 것은 일상에서 일어나는 일들을 지나치게 따지고 분석하는 것인데 마음이 늘 산만하고 바쁘기 일쑤다. 물질 공동체가 커질수록 미래 희망에 대한 희미한 전망과 부정적 시야의 확대로 삶은 무동無動의 상실을 가져오기 쉬워져 문학적 사고를 필요로 한다. 시문학은 현상 내력의 고유성 부재에 대해 충족을 요구하며 사물을 더 깊이 바라봄과 더 높은 사유를 하면서 질문과 회귀의 원리를 바탕으로 한다.

천도화 시인은 현대인들의 복잡다단하고 삭막함이 가져오는 불완전한 자아를 멀리서 바라보는 위치를 견지하고 있다. 이를 유추할 수 있음은 불안과 외로움, 그리움이라는 무형의 물질을 공존시키며 시편들은 틈에 서서 안온한 마음으로 자연 회귀성의 진행을 보여주기 때문이다. 할머니와 (「골동품」)의 할아버지, (「호산 오일장」)에서의 아버지 그리고 어머니의 추억과 시에서 언급한 바람과 봄, 흙, 산, 꽃의 세밀한 감회를 끌고 온다.

"지금 나는 무엇을 채우려 하고", "무엇을 남기려 하는지"(「옭아매는 시간」) 삶은 불안하든지 온건하든지 생기는 틈엔 부정적 생각이 남긴 찌꺼기가 가득하다. 불가피한 유랑이 된다. 그 틈입에 시인은 법화경 사경 기도로 채우고 있다. 기도의 공덕은 참으로 크다. (「사적인 기억」)을 내면서 우체통은 지상의 소식을 들으며 매일 바람의 편지를 쓰는 시인의 시심은 마치 대지의 여신 가이아처럼 중간자적 자리에 머물면서 가족에 대한 사랑을 자연 회귀의 미학으로 완결했다.